JN225767

歌集

九年坂

田上起一郎

Tagami Kiichiro

六花書林

九年坂＊目次

装幀　真田幸治

九年坂

三年坂

炎天のふきだす汗をふきやらず三年坂を下りにくだる

生きて来し踏みて踏まれて生きて来し今日もにぎはふ日盛りの街

頭をもたげ虚空をにらむ起重機の何もおこらねばどこまでも空

巨大ビル三つの消えて大空間オールドローズの夕日燃ゆるも

日の暮れしひとの去りたるベンチにて影を置きゆく男ありけり

車窓すぐるビルの明かりのくわうくわうとくわうくわうと照りて人らのをらず

赤きネオン「アーモンドチョコ」に罪はなしわたらむとしてにぶき多摩川

多摩川沿ひマンションの灯のはてしなし鴉は白き眠りをもてり

真夜なれどはればばれ松は立つてゐる街道の灯火ただものならず

雲あらぬ南の空に月の見ゆただそれだけのうす月は見ゆ

時に口開く

妻と娘《こ》の真情あふるる戦ひに私は貝になりたい　時に口開く

大鯉の吐息のごときは聞こえたりさんぐわつの橋わたりゆくとき

春の日の縁に寝ころびまどろめば夏目家の猫つぶやき過ぐも

坂のうへ自転車はるか消えゆけり　天に広がるがらんどうブルー

ベンチにてとなりに眠るひとの腕だらりと垂れてわが腕となる

ひびわれしボールを蹴るにころころと喜びの坂をころげ落ちたり

静もれる竹の細道たどりゆく上枝《ほつえ》さえぎる光はるけし

風の吹く妖しき敷地に入りゆき命かぎりの青葉に会ふも

三十年年賀状のみのをさな友「今年は会はう」死んでしまへり

卓上のフォーク

酔ひつぶれ正体あらぬ昼さがり　猫よ「吾輩は人間である」

境内の水の尽きたる池の底　鶴嶺八幡宮ひびわれにけり

囲はれて出口ふさがる敷地ありむつつりボールひとつころがる

にはか雨蜘蛛の子ちらす交差点　罪とは何か　雷鳴ひとつ

傘ささずゆつたり歩むおほをとこ西郷隆盛かうさてん渡る

天心に月あかあかとかかりたり　河口の廃船　卓上のフォーク

ももいろ夕日

本棚に眼鏡の玉のひとつあり夏を越えしがすでに動かず

秋空に日の丸ひとつひるがへるカタカタ鳴れりカタカタ鳴れり

重げなる起重機六基ならびをり端なるひとつぐいと首あぐ

純白の「東京立体裁断研究所」閉ぢたる窓にももいろ夕日

半生を己を殺せしひとの逝く　遺影はブルー　ブルー遥けし

雨の降るひとの絶えたる公園にベンチの老女の黒きかうもり

伝馬町牢座敷跡

山岡鉄舟の字きざまれしを四度よむ「為囚死群霊離苦得脱《しうしぐんれいりくどくだつのため》」

オーソン・ウエルズの指

巨大なるクリスマスツリーを仰ぎみて「つかれたつかれた」とつぶやく男

夕闇のひとの流れのはやきこと見知らぬ町はどこにでもある

背をかがめ手作り弁当食みてをりさむきベンチに背広のひとは

恵比寿駅「第三の男」ひびけりおもふオーソン・ウエルズの指

「吉野家」に老い人ひとり座りをり今日を噛みゐる明日を噛みゐる

しみじみとは七十年は流れない　赤いシャツ着て家を出でたり

爛漫の桜のもとに来たりけり左きき我のかいまみる空

願はくは散る花のもとに眠りたし　携帯が鳴る「よるなにたべる」

百十六匹

鴨川はおだやかなるも速きかは鮎をつるひとつりおとすひと

鴨川べり里親さがしの猫の小屋百十六匹もらはれ夏来《く》

捨てられて取りのこされて柵のなかねむる大猫まくろき小猫

おほ猫はうす目をあけてうそぶきぬ「ねこの国あらばおれが王様」

ひとふみし草草にひとの道のありかすかに聞こゆる澄む水の音

どこまでも道にそひゆく電柱は炎暑の丘を越えゆきにけり

ピースピースピース

平凡な顔もつ犬が朝明けのわが家の前を独歩してすぐ

三角のかどの空地になにもなし自転車三つあひからみあひ

わが家の暗き階段くだりくる娘のつぶやき「ピースピースピース」

前席にすわりたる女いつしゆんをこの世終はりの顔したりけり

たばこ吸ひコーヒー飲むにその女徹夜覚悟の顔したりけり

かんぺきに仕事こなせし帰りみち長靴はく俺が前を歩めり

天近き高層ビルをのぼりゆき消息たてり山高帽《やまたか》の男

地平線ありて落ちゆく夕日あり　わたしをあげると言ふひとがゐる

地平線ありて落ちゆく夕日あり　神をくださいと言ふひとがゐる

如来像

根府川のそぼくな道をくだりゆき我はたたずむ釈迦堂まへに

十四段くだりてゆけば鉄格子ほのかに如来像わが前にあり

関東大地震土砂にうもれしお釈迦さま穴蔵の主となりたまひにき

山道のせまき段段の七だんめ鮮烈の柚子ひとつおかれつ

根《ね》府《ぶ》川《が》海岸《は》のまろき石をし持ちたればみんなみの海すきとほりたり

ぽあぽあの雲

たばたばたば「時の流れに身をまかせ」元日の朝おみくじを引く

「人生が二度あれば」二度あるならばなにやらいとし虫くひ歯五つ

君はもう「知りすぎたのね」いえそんな、ふくろふの頭はいまうしろむき

あたたかき窓辺に座して爪を切る死にゆくものはよく飛びにけり

自転車の荷台にふたつくくられてふとぶと大根とほりすぎゆく

廃屋のものしづかなるお茶の間に生活《くらし》つづける急須がひとつ

妻と娘《こ》は台湾ツアーに出かけたりとてもすなほなぽあぽあの雲

考へておきます

われのゆく「メガネックス」の店長はにつこり笑ふ高そな眼鏡で

目鼻飛ぶ「ドラマールの肖像」ピカソの絵　孫娘《まご》ゐがく俺のながあい首

角つこの大学いもを売る店はバケツのどぢやうも売りをりけるも

はまぐりもあさりも産地名前入りいと玄妙なり十三《じふさん》湖《こ》しじみ

はからずも空はま青に塗られたりありありと立つ鉄塔ひとつ

同族の二十数基の墓ならびなんぢやもんぢやの花咲きにけり

拝みゐる己を映す鏡あり十円しまひ百円を投ぐ

逆立ちて見たきものなどわれになし四月九日葉桜になる

地にすれすれのつややか腹のぶち猫が「考へておきます」と木陰に消えぬ

紙の工場

富士を背にもこもこのぼる煙見ゆなにやらうれし紙の工場

いつしゆんに過ぎゆくものをみのがさず畑なかにある古墓ふたつ

山の上の白雲ひとつつかみとりたはむれなれどふところに入れむ

山上に鉄塔はるかつらなりてわれを呼ぶなりわれはゆくなり

とたとたと歩む家鴨とならびゆく愉快といふは具体ならずや

かわきたる黄葉のつもる朱色橋すずめにつれられ渡りゆくかな

ばうばうと草木のおほふ山腹におつぱい型の雲を見てゐる

さびしきさびしき公衆便所

みばえせぬ石の数個のおかれをり「徳川家宣胞衣塚《えなづか》」なるは

百超ゆる赤き鳥居の並びをりアベックくぐり我はしたがふ

しぶきあげ三つになりて落下せり我ひとりみる文京区《ぶんきやう》の滝

「日支事變戰歿軍馬犬鳩」碑　しづかなるものわが前にあり

段段の家家みおろす丘のうへひなたの墓地に猫の爆睡

四方を道路のかこむ土地ありてさびしきさびしき公衆便所《トイレ》を見たり

ふくふくと交差点わたる老女なり空の縫ひ目のほどけつつ春

この岩にとまれ

白球の飛びかふコートひと去りて南にあらはるる紫の雲

春の日の窓辺の椅子にまどろみぬがくりと折れる首のおそろし

わが家の真紅の金魚ふんをする隣家《となり》の坊主家出をしたり

のつそりと厨にきたり餅をやくもちはさみしき食ひものなるよ

真昼間の駅前広場あかるくて赤き自転車ふとたふれたり

坂の上あかね雲ひとつ浮かびいで眼鏡の少年くだりて来たる

波ぎはのま白き石を拾ひあぐ裏しろければ海に返せり

みぎひだり靴をさげつつ波ぎはに弥次郎兵衛のごと立つ女をり

海原をかもめの一羽飛び来たる　この岩にとまれ　いちづにとまれ

岩礁にかもめの一羽うごかざり動かざるとき重き残照

上野のゴリラ

ならぬならぬならぬ、ならぬならぬとおもひしが見てしまひたり妻の日記帳

卓上のポットの影のみじかけれ　上野のゴリラ達者でをるか

仏壇の父の位牌に手をのばし母の位牌に少し寄せたり

真夜中の卓上にある桃ひとつ　われは悩みぬ食つてもよいか

線路にはせんろの思ひ出あるらしもおほきなおほきな月が出てゐる

たったひとつの墓

「大審院長縦三位勳二等玉乃世履墓」は背の高き墓

紀元二千五百四十年没の銘　たつたひとつの墓立つてゐる

つややかなすけるがごとき木のありて白き女体とおもへばさはる

将軍の慶喜の墓の囲ひそと　内孫なりし徳川熙の墓

徳川熙昭和十八年七月十二日於南太平洋戦死享年二十七歳

逝きたらばやりたきひとつ　老い集め空の空地でいけいけ野球

お爺が三人

死にゆく者あり生まれくる者ありてぽつとんぽつとんああ、蛇口かな

凄たれて重きかばんのこの我はベンチをさがす東銀座に
おにぎりをほほばり食ぶるビルの間の簡潔にあるわが影法師

東京はさむい、　さむいよ、　さむいなあ　お爺が三人《みたり》空とんでゐる

にはか雨ビル濡れ木濡れ人の濡れ一円玉も濡れてゐる　踏む

土管の穴

大空をふっくらとゆく白雲を見あげてゐたり向かひのポチは

東より大きな雲の流れきて鳩の公園おもたかりけり

すたれゆく旧家の隅にしづもれる奉公人の家にこころよりゆく

柿ふたつ熟れずにのこる裏道の暗きをゆけば美《は》しき墓あり

ひとところ木陰のベンチに日のさしぬ老女がひとりをつたはずだが

俺の腕右より左ながいはず妻は芋掘り日の暮るるまで

嬉しきことのふたつもありし夕暮れにのぞきたりけり土管の穴を

休日の駅前広場に楽ひびく晴れわたる空見あげさびしも

ほろほろと銀杏黄葉のこぼれたりましたなる石碑「至誠勤勉」

ビルの間を沈まむとする太陽はごみ箱ひとつ美しくせり

日の落ちしひとの行きかふ交差点冬帽かぶる月出でにけり

原発のはだか

すべもなく上野公園うろつきぬ三月十一日天地《あまつち》ゆれて

航空写真原発のはだか我に見すさびしかりけり日本といふは

原発の地震のうつつ逃れいで五曲までを聴くちあきなおみを

だあれもゐない

孫娘に娘に妻に責められてこもりたりけり夕飯《ゆふめし》までを

歓びなき昼寝よりさめて家を出づ　角をまがればだあれもゐない

踏切を渡れば左右わかれ道夕日みちびく右にはゆかず

すこやかに犬の糞ひとつ落ちてゐるしみじみと見つただびと我は

人影のあらぬ駐車場いでくれば沿ひて立ちゐる五つのお墓

工場の大きな敷地の休日はスポーツカーひとつの赤きしづもり

町はづれの骨壺屋さんの看板は「最後の準備は最後の責任」

いつぽんのたつたいつぽんの杉の樹に我はちかづくその暗きとき

公園の時計の針は午後十時ふいと立ちたり　月が病んでゐる

遠ざかりゆく電車

物干しに柔道着ひとつでんとあるをさなパンツのめぐりに揺れて

白と黒二ひきの犬にみちびかれ男とをみな坂ころげゆく

カレーパン持ちて帰ればわが家のくらき柿の木むかへくれたり

冷えてゆく小高き丘のベンチにて遠ざかりゆく電車を見つむ

ふうらりと小諸の町を歩みゆきさびしき寺に入りゆかむとす

あるままに崩れし瓦のつらなりぬいとさばさばと冬日のありて

まみどりのまみどりの墓の五つ六つ苔の生命《いのち》のまぶしかりけり

ゆるりと春は

頂をすぱっと切られし松のあり　むつかしいことなにもないなあ

女子ソフト投手のボールのはやきこと黙して見たり金網越しに

コンビニの飲料水はかはらねど群馬うまれの水を買ひたり

「犬のフン放置禁止」の立て札をふたつも見たりひそけき道に

水の面にうかぶ大鯉あぎとひぬもどりくるらしゆるりと春は

出島への波のよせくる砂のみち鴉あゆめりますぐ歩めり

足もとを打ちてはかへす白波を気持ちつめたく見つめてゐたり

大石につみし小石をまたくづす幼子の声するどくあるも

靴なかの海にもらひし白砂をおのづと捨てつ駅の広場に

階段を上らむとしておもふなり　俺は死んでも起一郎なのか

ああ、といひたり

無量寺のわき道ゆけばおほ鴉ああ、といひたり電線のうへ

我あゆみ電線の鴉あゆみゆく生命《いのち》ふたつのはるかなるかな

西日さす交番まへの告知板　八十四歳《はちじふよん》の男行方しれずと

拝島と茅ヶ崎との間に消えしとふ年より若き写真を見つむ

かげりゆく神社の段にこしかけつ　こんなに鳴くのかみんみん蟬は

さびしいぞわが家の壁はさびしいぞ　夕日とともに散髪にゆく

閉ぢられし鳥小屋のなかにひかり落つふとき止まり木青光りすも

娘《こ》と孫娘《まご》の引越ししたるアパートの戸口に立ちぬ居らぬを知れど

神の右足ふんだ

ガラス戸の内がはかくす廃屋の朱きカーテン見つつ過ぎゆく

裏まちの自動販売機汗かきてわが家の妻は銀蠅たたく

相似形の河馬の親子に笑ふかな留守居の我はテレビをつけて

満員のがまんがまんの山手線おれはいま神の右足ふんだ

雨の夜の女の靴音こつこつとたしかなるものは遠ざかるかな

つまらぬことを悩むことありまへんかとつぶやけば赤き橋はちかづく

名優のごと白鷺一羽立ちをりぬきまじめ夕日もの狂ひけり

水族館の色パワフルな熱帯魚おれの生れかはりここにをつたか

何を懐《いだ》くといふこともあらぬ秋の日は遠き街路を歩みてゐたり

路傍の牛

みなれたる三十五年のかへりみち路傍の牛が暗闇にゐる

強風にあふられしなふ竹叢のすがすがしくもつひにおそろし

盗塁を阻止するための練習をあかずに見たり小さき子らの

まつたうな面相したるブルドッグ我と目の合ひすぎゆきにけり

囲はれし更地のまへを通りすぐ家建つらむかすでにさびしき

子供らのサッカー興ずる公園にふろくのごときわがゐるベンチ

公園の木にもたれたる自転車のきらきらとせり　今宵飛ぶべし

けふもまた森のむかうに日の沈むしづむ夕日を追ふ我がゐる

霧はれて乗合バス　スはぱふぱふと猿羽峠を越えゆきにけむ

のぶとく三度

単線のつつましき駅に降りたてば鴉なきたりのぶとく三度

男《を》としてのお役目をはる時は来む駅前食堂かもうどん食ふ

ぷらぷらと冬日のあはき町をゆく探偵《たんてい》社のポスターふたつ貼られて

それぞれの石の仏のそれぞれのどこか欠けたるまこと尊し

うす紅をつけし地蔵のくちびるに近づかむとすわが老眼は

路面下を流るる水の速きこと三時の鐘はなりたり近く

足柄の古沢米穀店ふるきみせ鶏いでて正月三日

狩川のふたつ流れは渦をまきひとつ流れになりにけるかも

なんのとりわからぬ鳥のひよいと来て我のめぐりをめぐりて去りぬ

あへぎつつ汗かきのぼる丘うへにザボンのやうな夕日　けりたし

そつとそつと近づき来たるパトカーは我に用なく右に曲がりぬ

たどりつく小田急線の足柄駅とほく見ゆるよゆるき煙は

ブリキの兵隊

わがうちに郭公一羽棲みをりてほんに明るい真昼間がある

西方へひかうき雲ののびゆきてあらぬ飛行機をしばらく見あぐ

菜の花のまことの盛りの春なればどこへもゆけぬ雲ひとつある

丘の上ま白きふとん干されゐて犬せつせつと坂くだりゆく

「お父さん、お母さんお墓買つちやふよ」携帯の娘《こ》はいふ声はづませて

富士見える「湘南公園墓地」はおほきくて隅のすみなるわが家のお墓

九十九万八千円の墓買ふをわれはよろこぶこの小さきを

祭りはね三三五五の帰り道ねむり子ふたり抱きゆく男

みつみつに十三棟の家たちぬ野球興ぜし子らの空地に

複雑な人格のやうな管をもつ巨大タンクに我は近づく

ものなべて影の濃くなるこの夕べブリキの兵隊すぎゆきにけり

高空のなべての枝のゆれゆれて我をよびたり　ここにすぐ来よ

二分の昼餉

ふたつめの明治キャラメルなめをれば夜の多摩川はや越えにけり

マンションのつらなる灯火《あかり》は玄関かひとの入り口さびしくあるも

冬眠の羆のやうな青年はぱつとめざめて大船に降りぬ

わが妻にいひてしまひたりしまひたり　俺との縁はまちがひなんだ

天井にはりついてゐる油虫　体重ほどの生き方はある

冷飯を卵ぶっかけかきこみつ　われひとりする二分の昼餉

黒パンの欲し

手をはなれ陽気な音たて割れにけり　ふたつになりたるわが茶碗かな

境内をアロハの男すぎにつつふと仰ぎたりこの世の空を

雑草《あらくさ》のただなかにゐる青鷺のみさだめがたきをうべなひにけり

町角の夕べに赤く立ちてをりここにあつたかずんどうポスト

大きなるけふの夕日は沈みたりほのかに甘き黒パンの欲し

長乗寺踏切といふふみきりをおもおもとすぐ貨物列車は

秋天に柿の実よっつかがやけりどこへもゆかぬ柿の実よっつ

ベンチにてしめりし枯葉にまぎれゐる青葉ひとつを拾ひあげたり

くわうくわうと向かひの部屋に灯のともるひとのあらはれカーテンを閉づ

パリといふ都

かがやける赤い靴はきわが妻はパリといふ都へ行ってしまへり

ごみ出しの日付も場所もかきこまれ壁にはられしわが日課表

ランボーと話しあってるこの俺をほっといてくれ　皿うどんかな

午前一時湯につかりつつおもひけり　餌をあたへしや兎のフーに

わが部屋と外まはりのみ掃除して七十三歳《ななじふさん》の大歳暮れぬ

ほかならぬ海辺の砂の足の跡　こんなものだらうわが足のあと

ざわざわざわざわ　竹の葉あまたゆれてゐる神のとほらぬ山裾ゆけば

ああ、家がなぜこんなにも遠くある二十分の間の尿をこらへて

できたできた湯船のなかでほつこりと卵のやうな良き歌できた

ゆたかなりけり

二、三日耐ふるだらうと思ひしが兎のフーはいま死ににけり

ふれにつつちかぢかと見つちかぢかとゆたかなりけり死にたるものは

寒鴉うすじろき空より舞ひおりぬ庭のなんてん赤赤として

寒き日の海鳴り遠き町ゆけばなべての家の閉ぢられをりぬ

われのゐる小公園に日の射して黄ばみし芝生とよろこびわかつ

いざなはれいちやうの幹にふれにけりわが掌《て》よりぬくしこの大公孫樹

大空の二十九メートルの公孫樹かなあの世この世はこんなに近い

ふりむけばはにかむやうにふるへたり鉄橋のむかう赤き夕日は

窓ぎはに西洋人形ひとつ見え赤きカーテンまだ閉ぢられぬ

隅田川

隅田川青きテントのひとつ見えスカイツリーのひとつ見えたり

セーターにこびりつきたる米つぶを墨田の水にすてたり三つ

対岸を歩めるひとのはるか見ゆはやしもおそしもわが眼球のうち

みばえせぬ下部の黒ずむ橋脚を波の打ちけりあかず打ちけり

川またぐ高速道路をみおろせる十六階のま白きふとん

くだりゆく遊覧船にひと三人　なぜに手を振るみたりのひとは

平成の鳥居をくぐり慶応の鳥居をくぐりぬ三《み》囲《めぐり》神社は

暮れなづむ墨田の水に浮びゐるかもめは一羽この世のかもめ

別れゆく川と運河のきらきらと向かひの土手に腕くむ男

いろいろありまして

まざまざと本物のやうにありたればまづさうな高橋由一の豆腐

村祭り太鼓どんどこどんどこどん　狐がくろき葡萄をたべた

わが部屋の子豚のやうな掃除機は天空を飛ぶあかつきのころ

電柱が雲を背負ひて消えにけりなにも知らないポンポンダリア

そのむかし平家蟹群れて走りけむ　いろいろありまして夕日が赤い

行列

評判の角のカレー屋にならびをりなにやらはかな昼の行列

葬列のなか目礼を交はしたり　おどろくばかりに君ふけにけり

この世への戻り道などありませぬ　黙黙とゆく蟻の十ばかり

わが脳のほけゆくことのよろしさにパン屋の前の行列にをり

ぱりぱりと焼けし餃子を食べるべし心まづしき夕べにあれば

酢を七分醤油三分でたべませう　おいしくぱくり一口餃子

よばるよに入りて来たる境内にささやくごとし葉ずれの音は

残照にさざ波美《は》しき千ノ川鯉の千匹たちあがりたり

おかず横丁

目黒より五反田にむかひ歩みたり　タイ大使館うらのさびしゐ

木造のまこと廃れし二階建ておごそかにあれば立ち去りがたし

この家をあなどるなかれ十二枚開かざる雨戸きつちりありて

角まがりさそはれるごと入りゆくなにやらたのし「おかず横丁」

声たかき幼子あそぶ公園の明るきトイレに尿《ゆまり》をしたり

創業は百三十年まへといふ蔵前路地うら質屋の「かめや」

今日はいいね「どうもありがたう」「ありがたう」かるくいつたねわが妻と娘《こ》に

月はお山に

ふるぶるしき演歌聞きつつ釣りをする老いの一日をおもひみるかな

釣りあげしネンブツダイは変らねどびくに入れるひと海にかへすひと

山道を息をととのへ登れどもよろこびのなし足のもつれて

人生はごちやごちやごちやのぐちやぐちやだ　まあるい眼鏡それだけでいい

九匹の蟻んこをいま描いてゐる　熊谷守一は俺であつたよ

思ひ出はどこにでもある　疎開地の戸坂《へさか》の道の役牛の糞

「お利口だね」ともらひしあんぱんをたちまちに食べてしまへり月はお山に

卓上に一口羊羹おかれゐて七十四《ななじふよん》歳の秋の夜はあり

これの世のどこへもゆかぬと声のして長靴ひとつ道に落ちてる

大森を訪れて

段段の六十三段あへぎつつあふぎつつのぼる天祖神社は

境内にすたれしままの石碑あり「紀元二千六百年記念國威宣揚」

「放火せよ」闇市燃えし闇坂《くらやみざか》こもれびゆれる急坂のぼる

「日本帝國小銃射的會」石碑　をさな手袋ひとつのりをり

わが尻にまあるい布をあてがひて敗戦はただただ通りすぎにき

道ばたの落ち葉にまぎれし椎の実は六歳《むっつ》の我のおやつとなりぬ

崖の上のアメリカ人よりはふられし白きマシュマロひろひき我ら

校庭を姿ちひさく歩む見ゆ弁当もたぬ持たざりし子の

すておかれし防空壕にもぐりたるあの日の友も死んでしまへり

湯のなかにそつとそそつと入りけり七歳《ななつ》の我の貰ひ風呂かな

「ぽーぽーぽー」　我であるやうな声のして闇坂《くらやみざか》を下りゆきたり

赤きだんだん

先発の飛行機ははや点となりどっさりのひとどこへ行ったか

バンクーバーの小型飛行機まだあるか操縦のお兄さんサンダルはいて

灯を消すときに卓上の鋏ひかりつつ「ああ、お前か」といはなかつたか

ぐうちょきぱあぐうちょきぱあぐうちょきぱあぐうちょきぱあ　ああ、
人生はややこしいなあ

ゆりかもめより遊覧船のゆくが見ゆつかのまのよき平行は見ゆ

年の瀬のにんじん畑に雪降れりだれも知らざるあわ雪降れり

年の瀬にゆつたりの靴を買ひにゆく生きのびし足にやさしくあれと

良い歌がふたつも出来てうれしいね　だんだん雲の赤きだんだん

もはやもはや短歌《うた》をつくるしかありませぬ　韃靼海峡まだ見えますか

もつ煮込みにコーヒー

よそびとの我を見ざりてゆったりと大磯の黒猫すぎゆきにけり

逆光にまばゆきばかりの道ありて女《をみな》の影を見つつ歩めり

灰皿をふせたやうな山三つ見え相模の海辺ことなかりけり

冬日さす寺のベンチに座りたり影の濃きわれありてうれしも

ラーメンとケーキともに売る店ありて「キラキラ橘商店街」

もつ煮込みにコーヒーも売る店ありて「キラキラ橘商店街」

看板の「散髪屋」の文字うべなへど店内《みせうち》くらき昼さがりかな

わが前の重くよどみたる荒川は墨田と葛飾をへだてたりけり

立つてゐる空き缶けるにすなほにて荒川の面にころげ落ちたり

テネシーワルツ

わが家にひさびさの父は来たりけりさびしさの青き葡萄かかへて

「かゆばら」と若き歌手らを蔑したる亡父《ちち》のうたひし黒田節かな

夜の窓に聞こゆる男のどなる声女のさけぶ声　まだ三月か

おお、今日の川の流れのはやきこと俺が悪党だとだあれもいはぬ

お前など知らぬと飛びゆく雀らを見あげてゐたり春のベンチに

月の夜に老オットセイつぶやけり踊りたかつたなあテネシーワルツを

九年坂

金色にまことかがやく海に来つ　俺のへそくりだれにもやらぬ

波ぎはにはじめてのごと近づけり水平線は丸みをおびて

わが前をすとすとあゆむ黒き鳥つと立ちどまりまた歩みたり

道いつぱいのくされ山桃消えうせてあはれちらばる種をふみゆく

過ぎゆきの厨に見ゆる大皿のつやめきにけり　なんとかなるさ

公園にベンチふたつのおかれゐて赤きベンチに近づきにけり

身も心もほろびゆくものとうべなひて携帯の水みくち飲みたり

九年坂　歌のさか道のぼり来て遠くて近しわが妻明子

手の十指足の十指をのばしたり畳に死にたき昼さがりかな

跋

ふしぎに、おもしろい

小池　光

田上起一郎さんは昭和十五年の生まれである。防空壕からB29を見上げた記憶を持つ世代である。わたしより七歳年長で、すると今年七十六歳になるはずである。

しかるに、とても後期高齢者にはみえない。痩身の身をひらひらさせて、飛ぶように歩く。話し方も明瞭で、歌会では淡々と話しながらしばしば一聴に値するようなことを言う。健康そのものであるらしい。いまから七年たったら田上さんのようになっていたいなあ、といつも憧れる。

『九年坂』のタイトル通り、短歌をやり出して九年である。ある日、突然短歌人会に入ってきた。そうしてすぐに歌会にも来た。会が終わって立ち話に、わたしがどこかでカルチャー教室でもやってないかと聞かれた。新宿の朝日カルチャーでやっていると答えると、ではそこにも行くという。三日ばかりして新宿の教室があって出てゆくと、もう田上さんが出席しているので驚いた。こんなに早いテンポで事をどしどし進めて行く人ははじめてである。行動におよそ逡巡の気配がない。

『九年坂』はそのはじめての歌集である。日常生活を淡々と歌にしながら、人間世界の亀裂みたいなものをごくわかりやすい、平明な文体で切り取って、逡巡せず、歌にしてゆく。

七十六歳にもなるのに老いの嘆きのような要素は皆無である。めずらしい。

三十年年賀状のみのをさな友「今年は会はう」死んでしまへり

こういう年賀状の交換をわれわれは誰でも一人や二人もっている。毎年そうであるように今年もまた会おうと書いてあった。書きながら、彼は今年も会わないでしまうことを知っていたに違いない。その友が死んだという風の便りを知ることになった。この歌は結句がだしぬけに伝えられハッとするものである。

「日支事變戰歿軍馬犬鳩」碑　しづかなるものわが前にあり

墓石や石碑のようなものを見るのは作者の「趣味」らしく、いくつかそういう歌がある。戦没軍馬の碑ならめずらしくないが、「戦没軍馬犬鳩」のための碑はめずらしい。作者もそう思って手帳を出してその碑文をメモしたのだろう。日支事変はむろん昭和のいくさだが、戦場では昭和になってからもまだ伝書鳩が通信に使われていたのだ。なんとも悲しい風景である。自身の感想や感慨を一切述べず、ただありのままの事実を提示しているところがいい。この簡潔さをわたしは愛する。

頂をすぱつと切られし松のあり　むつかしいことなにもないなあ

お正月の門松である。太い松がいただきをスパッと斜めに切られて、ただ立っている。その構造になんのややこしいことも、むずかしいこともない。ばかばかしいまでに単純である。作者はその松の前にしばし佇み、ふと深いところから湧いてくる感興に身をゆだね、その場を立ち去った。追いかけるように歌ができたのであった。

下句への展開がちょっと岡部桂一郎風である。田上さんは、岡部桂一郎をしきりに愛読して歌のこやしにしているようだ。

雨の夜の女の靴音こつこつとたしかなるものは遠ざかるかな

雨の夜の舗道を女性が前方を歩いてゆく。ハイヒールの靴音が遠ざかってゆく。いかにもそれは「たしかなるもの」であって、それゆえにまた遠ざかるのである。ごく単純な歌だが印象に残る。田上さんの歌はこのようにこの世の「たしかなるもの」を追求する熱意と興味に貫かれていると言ってもいい。

長乗寺踏切といふふみきりをおもおもとすぐ貨物列車は

踏切の脇にはその踏切の名前に記した小さなプレートが掲げられているのだが、人はまずそんなものを見ない。田上さんはしっかりそれを見る。ここは「長乗寺踏切」という踏切なのである。電車の通過を待つあいだ、ふとその名前を反芻した。いい名前だ、と思ったかどうかは知らないが、とにかくその名は記憶に留めるものとなって、このように歌にもなったのである。わたしもまたその名称の妙味に感応するものである。

月の夜に老オットセイつぶやけり踊りたかつたなあテネシーワルツを

ふしぎな魅力ある歌である。ユーモアの気配漂い、しかしなんとも切ない。老オットセイは自画像だろうが、突如展開するテネシーワルツがすてきにおもしろく、かつ一首の中でよく決まっていて、一読忘れ難い。

田上さんは、六十五歳過ぎて、つまり高齢者になってから、どうしてだか知らないが、突然短歌を作るようになった。そしてよく勉強し、いろいろ歌集も読み、知恵を得、じぶんの美意識を磨いて作歌に励むようになった。『九年坂』はその成果である。短歌を作るようになって、明るくなったと夫人に言われたそうだが、その明るさとは生きることへの再発見、再確認、そして再挑戦であるに違いない。

こういう「後期高齢者」がいることはなにより短歌にとって、またわれわれにとっての希望である。多くの人に読まれて、一首でも二首でも記憶に留められることを、切望する。

あとがき

表題の『九年坂《くねんざか》』。九年坂は実在しない。

三年坂は冒頭の歌なので気になり、気にしているうちに九年坂がひょいと頭に浮かんだ。始めは三十一文字並べるだけでいいではないかと生意気に創ってみたが、つたない歌ばかりでどうしようもない。結社というものがあることを知り「短歌人」に入った。それから九年間休まず歌の坂を一歩一歩上った、との思いを込めて表題にした。構成上入れ替えはあるが、おおよそ年代順に歌を拾い集め三百二十一首にまとめたものである。

選をお願いしている小池光さんに表題を申し上げると「それいい、いいね」と言われた。実在しないので悩んだが、なんとか創ったのが最後の前の歌になった。歌の出来の良し悪しは別にして、何を考えているのかわからない（らしい）、仕事だけは真面目にするが、自分本位で、家の事はなにもできない、やらない私の、妻に対する感謝の気持が少しは表現できたかなと思っている。

若い頃から何をやっても自分の性格と折り合いをつけることができず、うつうつと過してきた。これではならぬ、このままでは死ねぬと、六十代半ばとはいえ短歌を始めた。心がすこしずつ解放され、性格もすこしずつ明るくなり、世の中の景色がすこしずつ変わってきた。歌に出会えて良かったと思う。

小池さんには歌会、カルチャーセンターに於いて歌の基本的な創り方、心構えを、そして創る喜びを、端的に明快に教えていただいた。そうでなければ歌の面白さ、奥深さがわからず続けることができなかった。また身にあまる跋文をいただき、感謝の念でいっぱいだ。ありがとうございました。

どこに入会しようかと迷っていた時に温かみのある声で誘ってくださった中地俊夫さん、編集人の藤原龍一郎さん、発行人の川田由布子さん始め、親身になって助言、励ましをくださった諸先輩や仲間達に、そして歌集の編集、発行にさまざまな配慮をいただいた六花書林の宇田川寛之さん、歌集のイメージを大事にしてくださった装幀の真田幸治さんに心よりお礼申し上げる。

大げさに言えばこの歌集をもって過去を清算したつもりでいる。七十六歳になる私に死は近しいものになりつつある。死はどんな色をしているのだろうか、東雲色がいいな、歌の色は変わるのかな、そんな事を勝手に思っている。これからの五年、十年と歌の力を信じ、私なりの歌の坂道を新たに上れたら嬉しい。

二〇一六年六月

田上起一郎

田上起一郎（たがみきいちろう）

1940年４月　東京都大田区大森生れ
2006年８月　短歌人会入会。現在同人２

〒253-0085　神奈川県茅ヶ崎市矢畑419-96